CHANCHO el PUG

Este libro pertenece a:

CHANCHO

CHANCHO el PUG

A mis padres.
Y a todos esos perritos pequeños.

Originally published in English in Australia in 2014 by Scholastic Press, an imprint of Scholastic Australia Pty Ltd. as *Pig the Pug*

Translated by Juan Pablo Lombana

Copyright © 2014 by Aaron Blabey
Translation copyright © 2018 by Scholastic Inc.

ISBN 978-1-338-29953-3

10 9 8 7 6 5 4 3   19 20 21 22

Printed in the U.S.A.   169
First Spanish edition 2018

The artwork in this book is acrylic (with pens and pencils) on watercolor paper.
The type was set in Adobe Caslon.

CHANCHO
el PUG

Aaron Blabey

Scholastic Inc.

Chancho era un pug,
lo cual no es nada raro.
Lo malo es que tenía fama
de ser egoísta y avaro.

Vivía en una linda casa
con un salchicha llamado Tomás.
¿Pero crees que lo trataba bien?
Pues te lo diré: JAMÁS.

Si Tomás le decía:
—¡Qué lindos juguetes tienes ahí!

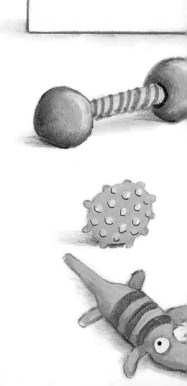

Chancho respondía gruñendo:
—¡Son míos! ¡**VETE DE AQUÍ!**

—Pero si jugamos juntos sería más divertido
—le dijo Tomás a Chancho.

Y Chancho gruñó enloquecido.

—¡Que no! ¡Que son míos!
¿Me oíste? ¡Solo míos!
¡Ni te acerques a ellos,
no son de nadie más, son míos y solo míos!

Ya sé lo que quieres,
¡que **COMPARTA** contigo!
¡Pero nunca lo haré!
¡Son **MÍOS**, te **DIGO!**

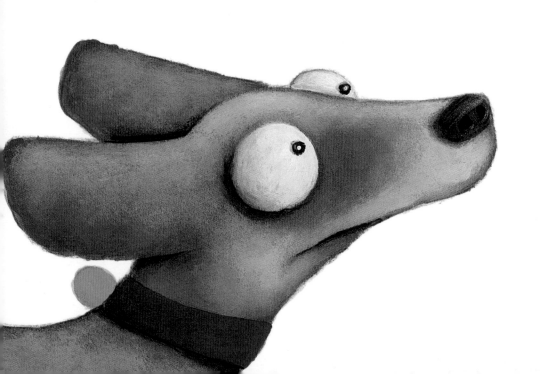

Entonces, para asegurarse, recogió todas sus cosas…

y las amontonó en una pila, unas sobre otras.

Y cuando terminó,
se subió encima
y declamó a viva voz,
cual actor sobre una tarima.

—¡He vencido! —grito Chancho—.
¡Nunca te apoderarás de mi botín!

¡Es **MÍO!** ¡**MÍO!** ¡**MÍO!** ¡**MÍO!**
¡Vete ya, criatura **RUIN!**

Pero, en ese momento,
algo inesperado ocurrió.
La pila se tambaleó…

y Chancho ni cuenta se dio.

—¡Cuidado allá arriba! —le dijo Tomás.
Lo malo es que…

los pugs no saben volar.

En estos días, me alegra decir,
la vida mucho ha cambiado.
Ahora todo es distinto
a como fue en el pasado.

Chancho comparte sus juguetes
con el buen Tomás, hora tras hora.
Y los dos juegan juntos…

mientras Chancho se mejora.

CHANCHO
el PUG

Aaron Blabey